D0926280

Nous remercions le ministère du Patrimoine canadien,
la SODEC et le Conseil des Arts du Canada
de l'aide accordée à notre programme de publication

Patrimoine   Canadian
canadien   Heritage

Le Conseil des Arts | The Canada Council
du Canada | for the arts
depuis 1957 | since 1957

ainsi que le Gouvernement du Québec
– Programme de crédit d'impôt
pour l'édition de livres
– Gestion SODEC.

Illustration de la couverture
et illustrations intérieures :
Leanne Franson

Édition électronique :
Infographie DN

DANGER
LE
PHOTOCOPILLAGE
TUE LE LIVRE

Dépôt légal : 3e trimestre 2001
Bibliothèque nationale du Canada
Bibliothèque nationale du Québec

23456789 IML 098765432

SIMON ET VIOLETTE

**DE LA MÊME AUTEURE
AUX ÉDITIONS PIERRE TISSEYRE**

Collection Sésame
Le Mystère des nuits blanches, roman, 2001

**DE LA MÊME AUTEURE
CHEZ D'AUTRES ÉDITEURS**

Le Message du biscuit chinois, roman, Boréal, 1998
Hugo et les Zloucs, roman, Boréal, 2000
Chasseurs de goélands, roman, Boréal, 2001
Alexis, chevalier des nuits, album illustré, Les 400
    coups, 2001

Données de catalogage avant publication (Canada)

Gratton, Andrée-Anne, 1956-

    Simon et Violette

    (Collection Sésame ; 37)
    Pour enfants de 7 à 8 ans.

    ISBN 2-89051-781-0

    I. Titre II. Collection.

PS8563.R379S55 2001   jC843'.54   C2001-940820-X
PS9563.R379S55 2001
PZ23.G72Si 2001

ANDRÉE-ANNE GRATTON

SIMON
et Violette

roman

ÉDITIONS
PIERRE TISSEYRE

5757, rue Cypihot, Saint-Laurent (Québec) H4S 1R3
Téléphone: (514) 334-2690 – Télécopieur: (514) 334-8395
Courriel: ed.tisseyre@erpi.com

À Francine

et

à Tatie Jacqueline

1

UNE NOUVELLE ÉCOLE

—**S**imon Boulva!

— C'est moi!

Mon nouveau professeur me regarde en souriant. C'est ma première journée à l'école Beauséjour. Cet été, ma famille a déménagé dans un nouveau quartier. Je n'aurai plus besoin de prendre l'autobus scolaire, car l'école est située à cinq rues de chez moi. Je peux y aller à pied ou à vélo. Mes parents acceptent même que je m'y rende seul parce que c'est un quartier très tranquille : pas de feu de circulation et un panneau d'arrêt à chaque coin de rue.

Je commence ma troisième année. Mon professeur s'appelle Michel Breton. Il sourit tout le temps. Même quand il devient sérieux, il garde la bouche fendue jusqu'aux oreilles. C'est juste l'éclat de rire dans ses yeux qui s'éteint. En plus, Michel parle beaucoup et vite. Moi, je suis souvent dans la lune. Alors, je dois écouter très attentivement, sinon j'en perds des bouts. À mon ancienne école, mon ami Philippe me répétait les détails qui m'avaient échappé. Mais Philippe n'est plus à côté de moi pour m'aider. Ma mère m'a dit : « Travaille ta concentration ! » Mais comment travailler quelque chose qu'on ne voit pas, qu'on ne sent pas et qu'on ne peut pas toucher ?

Michel a fini de nommer tous les élèves. Je suis le seul Simon. À l'autre école, il y avait deux autres Simon dans ma classe. Ici, ça va être moins mêlant.

— Qui ne fréquentait pas l'école Beauséjour, l'année dernière ? demande le professeur.

Je lève la main. Toutes les têtes se tournent vers moi. Je regarde autour : à droite, à gauche, derrière. Aucune autre main levée. Je suis le seul nouveau !

Michel s'avance vers mon pupitre.

— Simon, si tu es nouveau à l'école, tu ne connais donc pas la journée « Moi petit, toi grand » ?

— Euh… non, monsieur.

—En début d'année, à notre école, c'est la coutume de tenir la journée «Moi petit, toi grand». Vendredi prochain, tous les enfants doivent inviter un de leurs grands-parents à venir passer la journée à l'école. Tu verras, c'est une vraie fête. Le matin, dans chaque classe, les grands-parents ont la vedette. À tour de rôle, ils racontent une histoire, une anecdote, bref, ils nous font connaître un petit bout de leur vie. L'après-midi, vous autres, les élèves, vous leur faites visiter l'école. Il y aura toutes sortes d'activités.

Michel retourne à l'avant de la classe. Puis, en me regardant avec son grand sourire, il ajoute:

—N'est-ce pas une idée mer-veilleuse? Mais n'oublie pas, un seul grand-père ou une seule grand-mère par élève. On ne peut pas se permettre d'en accueillir deux ou trois, les classes sont trop petites.

Je ne suis pas capable de parler. Je fais juste oui de la tête. Mais mon cœur fait non. Une idée merveilleuse? C'est la pire idée au monde! Parce que moi, je n'en ai pas de grands-parents. Pas un seul. Ni grand-père ni grand-mère. Et je suis sûr que tous les élèves de ma classe en ont au moins un.

Chez moi, il y a beaucoup de photos de mes grands-parents dans les albums, mais ce sont des étrangers pour moi. Trois d'entre eux étaient déjà partis quand je suis né. J'ai connu ma grand-mère Alberta, mais elle est morte quand j'avais deux ans. Je ne me souviens plus d'elle, même si ma mère m'a dit qu'Alberta venait me garder tous les jours.

La journée « Moi petit, toi grand »
ne m'intéresse donc pas du tout.
Je dirais même que ça commence
mal l'année. Très mal. Je suis le seul
nouveau, le seul Simon, et sûrement le seul qui ne viendra pas à
l'école vendredi. Car il n'est pas
question qu'on me regarde comme
un oiseau rare. Être le seul sans
grand-père ou sans grand-mère,
non merci !

Bon. Il reste à convaincre Vic-
toire et Gabriel, mes parents, de
me laisser manquer une journée
d'école.

2

ÊTRE DIFFÉRENT

Je vais débuter ma campagne de persuasion auprès de ma mère. D'habitude, elle cède plus vite que mon père.

Ma mère vient me chercher au service de garderie en revenant de son travail. Elle est infirmière à la clinique médicale du quartier.

Aussitôt monté dans l'auto, j'attaque :

— Maman, je ne pourrai pas aller à l'école vendredi.

—Ah... et pourquoi?

—Parce que... parce que... ça va être une journée spéciale. Et moi, je n'ai pas ce qu'il faut pour cette journée-là.

Ma mère me regarde, surprise.

—Mais, Simon, as-tu besoin d'argent?

—C'est pas des sous qu'il me faut. C'est bien plus compliqué que ça : il faut emmener sa grand-mère ou son grand-père.

Ma mère freine sec. Tellement sec que j'avale ma gomme à mâcher tout rond. Par chance, personne ne nous suivait de trop près.

En repartant lentement, ma dangereuse mère dit :

—Recommence ton histoire depuis le début. Je ne comprends rien à rien.

J'explique à ma mère l'idée merveilleuse de mon professeur. J'in-

18

siste sur le fait que je suis déjà le seul nouveau et le seul Simon, et que je ne veux pas être le seul à être sans grands-parents vendredi prochain. Je ne veux pas être regardé comme une bête rare ou comme un squelette de dinosaure dans un musée. Je termine mon discours en lui annonçant :

— Le plus simple, maman, serait que je reste à la maison, vendredi.

— Je ne suis pas d'accord, répond calmement ma mère.

Oh la la! Persuader ma mère sera une tâche plus difficile que prévu.

— Mais je ne veux pas être à part! Je ne veux pas être LE gars différent de la classe!

Ma mère pose une main sur mon bras.

— Il y a d'autres façons de faire face à la situation.

Je la regarde avec des yeux en forme de point d'interrogation.

— Mais oui, continue-t-elle. Si tu veux être comme les autres, tu dois aller à l'école vendredi. C'est en restant à la maison que tu serais différent. Tu peux apporter des photos de tes grands-parents…

— Et une momie, peut-être!

Ma mère n'apprécie pas mon humour ! Elle me jette un regard de reproche.

— Oh, Simon, tu n'as qu'à t'en trouver un grand-père ou une grand-mère ! ajoute-t-elle, fâchée.

— Hein ?

Là, c'est à mon tour d'être tout mêlé !

— Qu'est-ce que tu veux dire ?

— C'est simple ! Je suis certaine que tu pourrais demander à tante Brigitte de t'accompagner vendredi.

— Quoi ? Elle est beaucoup trop jeune, tante Brigitte !

Tante Brigitte, c'est la sœur aînée de ma mère. Ma mère n'est pas enfant unique, comme moi. Elle a quatre sœurs et trois frères. Brigitte est plus vieille que ma mère, mais elle n'a pas du tout l'air d'une grand-mère. Elle a l'air d'une tante, point !

— C'est vrai que Brigitte est jeune, m'explique ma mère, mais à son âge, elle pourrait tout de même être grand-mère, tu sais. Tu n'as qu'à expliquer à tes amis ta situation et…

— Justement, je ne veux pas avoir à m'expliquer, comme tu dis !

— Bon, Simon, je peux t'aider à trouver une solution. Mais je te préviens que tu iras à l'école vendredi. Pas question de rester caché à la maison.

Que faire ? Supplier ma mère jusqu'à ce qu'elle accepte ? Des fois, ça marche. Des fois, ça ne marche pas.

Et voilà mon père qui arrive…

3

ENFIN, UNE IDÉE !

Le lendemain matin, je sors de la maison en vitesse.

— Salut ! Je vais à l'école en vélo, aujourd'hui !

Je referme la porte avant que ma mère ne me parle de vendredi. Je suis certaine qu'elle a parlé de la journée « Moi petit, toi grand » à mon père. Comme d'habitude, ils ont dû s'entendre pour se mettre contre moi.

J'ai mal dormi, la nuit dernière. Chaque fois que je me réveillais, je pensais à la journée de vendredi. Et ça me donnait mal au ventre. Je trouve ça injuste. Moi, je n'ai pas de grands-parents pour me garder. Ou pour me gâter. Ou pour m'emmener à la campagne. Ou pour me donner des bonbons en cachette. Il me semble que je pourrais au moins rester à la maison, vendredi. Je ne demande pas la lune, quand même!

À l'école, j'apprends à connaître mes nouveaux amis. Ils ont tous hâte à vendredi. « C'est comme une journée de congé », disent-ils. J'aurais bien envie de leur annoncer que je planifie une VRAIE journée de vacances. Mais je me tais, sinon il faudrait que j'explique pourquoi.

À la fin de la classe, M. Breton m'interpelle quand je passe devant lui :

— Alors, Simon, tu penses à ta journée de vendredi ?

Je lui décroche un sourire forcé et je file à toute vitesse.

Aujourd'hui, pas de service de garderie. Ma mère ne travaille pas. Je fais un tour de vélo avant de rentrer. Au coin de la rue, je m'arrête quelques instants. Mon regard est attiré vers le balcon d'une maison où une vieille dame est assise. Elle porte un chapeau de paille rose et d'énormes lunettes teintées. Elle tricote en tapant du pied droit et en dodelinant de la tête. Un baladeur repose sur ses genoux.

Une idée mijote dans mon cerveau ! Un brin d'espoir apparaît enfin. Il y a peut-être moyen, après tout, d'adopter une grand-mère pour une journée. Je me dépêche de donner les quelques coups de

pédales qui me séparent de chez moi.

Sitôt entré dans la maison, je demande à ma mère si elle connaît la dame aux énormes lunettes qui reste au coin de la rue.

— Je sais qu'elle s'appelle madame Bastien, répond ma mère. Et elle vit seule dans cet appartement. Souvent, je la vois donner à manger aux oiseaux, le matin. Je la connais un peu, car je la rencontre à la clinique. Elle est très gentille.

— À la clinique ? Elle est malade ?

— Euh… non. Madame Bastien est une personne âgée plutôt en bonne santé.

C'est prometteur ! Oups ! Ma mère a changé de pièce. Elle donne de l'eau à ses soixante-douze plantes vertes réparties un peu partout dans la maison. Je la retrouve près des rhododendrons.

— Maman, j'ai une idée.

— Ah oui ! C'est quoi, ton idée ?

— Je crois que j'ai trouvé une grand-mère !

Ma mère me regarde d'abord avec des yeux étonnés. Puis, elle sourit. Elle a compris, je crois.

— Je sais ce que tu as derrière la tête, dit-elle. Tu veux demander à madame Bastien de t'accompagner à l'école vendredi ?

— Oui, c'est ça. Es-tu d'accord ?

— J'approuve. Mais c'est toi qui vas aller le lui demander.

Ça m'intimide un peu. J'aurais préféré que ma mère m'accompagne. Mais mes parents appellent ça, le système D. Le D, c'est pour « débrouillardise ». Ce que je peux faire moi-même, ni ma mère ni mon père ne le feront à ma place. Il paraît qu'un jour je vais les remercier de m'avoir élevé ainsi.

4

DERRIÈRE
LES LUNETTES

Dès que le souper est terminé, je cours chez la vieille dame du balcon.

Ding, dong!

La porte s'ouvre. Elle est drôle, madame Bastien: elle a gardé son chapeau sur la tête et ses lunettes teintées sur le nez.

— Oui, qui est-ce? demande-t-elle d'une voix douce et enveloppante.

—Euh… je m'appelle Simon Boulva.

—Simon Boulevard?

—Non. Boulva, B-O-U-L-V-A. J'habite à côté… enfin… deux maisons à côté. Vous savez, là où il y des volets bleus.

—Ah bon. Qu'est-ce que je peux faire pour toi, Simon?

Les mots sont bloqués dans ma gorge. Je prends une grande respiration et je lance d'un seul souffle:

—À mon école, vendredi, il y a une journée spéciale. Une journée avec les grands-parents. Mais moi, je n'en ai pas. Voulez-vous être ma grand-mère? Euh… juste pour une journée?

Madame Bastien rit. Je crois qu'elle se moque de moi. Je songe sérieusement à prendre mes jambes à mon cou lorsqu'elle dit:

— Entre Simon. On va parler de
tout ça.

Elle me laisse passer et referme
la porte.

— Viens t'asseoir au salon.

Madame Bastien s'installe en
face de moi. Je me dis qu'elle va
enfin ôter ses lunettes. Mais non!
Et il n'y a même pas de soleil dans
le salon!

—De quelle couleur sont tes cheveux? demande-t-elle.

—Euh… roux. Peut-être que si vous enleviez vos lunettes teintées, vous verriez mieux?

—Oh, ça ne changerait pas grand-chose, me répond-elle en riant.

—Comment ça?

—Il y a longtemps que je ne vois plus rien. Je croyais que tu le savais. Je suis aveugle.

Je deviens rouge piment rouge! C'est la première fois que je me trouve face à face avec une aveugle. Je ne sais plus quoi faire. J'ai envie de partir. Mais, maintenant que je suis assis dans son salon, c'est plutôt gênant.

Madame Bastien doit sentir mon embarras.

— J'espère que tu n'es pas mal à l'aise. Je t'entends gigoter comme une anguille!

— Euh… non, non.

Ma mère dit souvent que je mens très mal!

— Veux-tu que j'enlève mes lunettes?

— Oh non!

Madame Bastien rit encore. Ça n'a pas l'air de la rendre malheureuse d'être aveugle. Moi, si je ne voyais plus rien, je ne rirais pas autant.

— Bon, continue madame Bastien, je serai très contente d'être ta grand-mère d'un jour, si tu n'as pas changé d'idée, bien sûr.

Ouille! J'avais oublié pourquoi j'étais ici. Moi qui voulais être comme les autres, je me retrouve avec une grand-mère aveugle! Est-ce que ce serait impoli de lui dire que j'ai changé d'idée?

— Euh… mais vous n'êtes pas obligée, madame Bastien… Ce sera une journée TRÈS fatigante, vous savez?

— Oh, mais j'y prendrai grand plaisir. J'ai toujours aimé les enfants. Les miens sont grands maintenant et ils ne m'ont pas encore donné la joie d'être grand-mère.

— Vous avez des enfants?

— Oui, j'en ai deux: un garçon et une fille.

— Est-ce qu'ils sont…

— … aveugles? Non, et ils ne le seront probablement jamais. Moi, c'est une maladie qui m'a fait perdre la vue petit à petit.

En tout cas, elle est sympathique, cette dame.

— Madame Bastien, est-ce que…

Elle m'interrompt :

— Simon, fais-moi plaisir et appelle-moi Violette.

— VIOLETTE !!!?

— Oui, Violette. C'est mon prénom.

Je suis découragé au centuple : une grand-mère aveugle avec un nom de fleur !

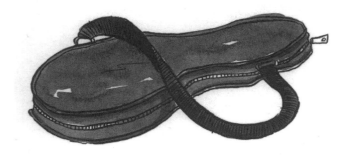

5

DÉJÀ VENDREDI

Je suis choqué que ma mère ne m'ait pas informé que madame Bastien est aveugle.

— Maman, tu aurais pu me le dire! Et, en plus, elle s'appelle Violette!

Eh bien, ce n'est pas croyable comme les parents réagissent souvent de façon bizarre: ils ont trouvé ça normal! Moi, j'imaginais qu'ils allaient plutôt m'aider à me sortir de ce pétrin-là.

Pire encore! Ma mère est allée rencontrer madame Bastien et lui a dit merci d'avoir accepté de m'accompagner vendredi. Alors, ça devient de plus en plus difficile de changer d'idée. À moins que je ne tombe subitement malade? Ou que je dise que le professeur ne fait plus une journée spéciale… que l'école n'est pas adaptée pour les aveugles… qu'il y a une panne d'électricité… que le toit de l'école s'est écroulé… que les extraterrestres ont envahi la cour… que… que…

Ou que j'affronte mes camarades, demain. J'imagine déjà leur tête quand ils vont voir Violette.

Vendredi matin! Mon réveil-radio indique sept heures et demie.

S'il fonctionne, c'est qu'il n'y a pas de panne d'électricité. Je regarde dehors : pas de gros orage, pas d'extraterrestre en vue. J'avale difficilement mon déjeuner. Je sors lentement de chez moi. Je marche à pas de tortue jusqu'à la maison de Violette.

Ding, dong !

— C'est toi, Simon ?

— Ouais.

Ma grand-mère d'un jour ouvre la porte.

— Oh ! tu n'as pas l'air en forme, ce matin. Faire une petite marche jusqu'à l'école te fera du bien ! me dit madame Bastien, pleine d'entrain.

Si elle croit que c'est une simple promenade qui va me rendre de bonne humeur !

En regardant par terre, je pousse un cri :

— AAAAHHH!!!

— Ça ne va pas, Simon? Tu as vu une grosse araignée ou quoi?

Mon cri a fait bondir Violette. Je la rassure aussitôt.

— Non, ça va, ça va, c'est… rien. J'avais mal vu.

— Tiens, aurais-tu besoin de lunettes? dit Violette en pouffant de rire.

Des lunettes? Très teintées, oui, car je suis ébloui par… par… une horreur! Il n'y a pas d'autres mots pour décrire ces… ces…. Ouache! Ça me fait presque mal aux yeux. C'est le comble! Madame Bastien porte des chaussures orange! Oui, ORANGE FLUO! Elles sont énormes, avec d'épaisses semelles blanches et des lacets noirs.

— Allez, partons! dit-elle.

Elle semble bien décidée à garder ces espèces de citrouilles aux pieds. Peut-être qu'elle ne sait même pas qu'elles sont orange, ces horribles chaloupes en caoutchouc! Peut-être que le vendeur de chaussures lui a fait une blague et que personne ne lui a jamais dit. Il faut que je l'avertisse!

— Madame Bastien… euh, Violette, vous avez de beaux souliers ORANGE!

Elle sursaute, puis elle penche la tête vers ses pieds, comme si elle pouvait les voir.

— Mon petit Simon, pas besoin de crier comme ça! Je ne suis pas sourde, seulement aveugle! Tu aimes ça, toi, orange? Moi, je dois avouer que cette couleur n'était pas mon premier choix. Mais ces chaussures sont tellement confortables! Et c'est la seule couleur qui restait dans ma pointure.

J'imagine déjà les rires de mes amis quand ils verront ces citrouilles-là.

Violette prend un grand sac de tennis dans sa garde-robe et le met en bandoulière. Puis, elle sort une canne blanche. Ma mère m'a expliqué que les aveugles utilisent une canne blanche pour éviter les obstacles. C'est comme un radar ! Et la canne leur permet de savoir quand le trottoir finit et quand il commence.

— Bon, allons-y, sinon nous serons en retard, non ? s'impatiente un peu Violette.

Mais où croit-elle aller avec sa raquette de tennis ?

— Violette, on ne s'en va pas jouer au tennis !

— Je sais bien, voyons ! Ne t'en fais pas, ce n'est pas une raquette de tennis. J'utilise ce sac parce que

je peux le porter en bandoulière. J'ai donc une main libre.

— Mais qu'est-ce vous transportez dans ce sac-là, alors ?

— Ah ça, c'est une surprise !

— Une surprise ?

— Oui, une surprise pour… disons… distraire tes amis !

Et dire que je voulais juste être comme les autres. Juste comme tous les enfants de ma classe. Au lieu de ça, je serai le plus différent de toute l'école. Qu'est-ce que j'aurais pu imaginer de pire qu'une grand-mère aveugle avec un nom de fleur, des lunettes teintées géantes, un chapeau rose, des citrouilles aux pieds et un sac de tennis sans raquette contenant… oh, je n'ose pas trop imaginer quoi !

6

LE… SORT DU SAC !

Ça y est ! La cloche a sonné.

— Tout le monde à sa place, ordonne Michel.

On a ajouté des chaises pour les grands-parents.

Madame Bastien m'a tenu la main pour circuler dans l'école et dans ma classe. Tout le monde se retournait sur notre passage. Maintenant, je l'aide à s'asseoir à côté de mon pupitre. Elle se tient très droite. Mais, malheur, elle garde ses verres fumés et son chapeau rose. Les enfants assis derrière nous rouspètent parce que le chapeau de Violette les empêche de bien voir. Mais Violette ne se rend compte de rien. Elle sourit à tout le monde… même si elle ne voit personne! Elle semble très à l'aise, pas gênée du tout.

Le professeur nomme chaque élève à tour de rôle. L'enfant accompagne alors son grand-père ou sa grand-mère à l'avant de la classe. Les grands-parents défilent tour à tour. Ils ont tous des noms ordinaires, comme Daniel, Pierre, Louise et Suzanne. Ils portent tous des chaussures normales, blanches, noires ou bleu marine. Et, évidemment, aucun n'est aveugle! Certains racontent une anecdote, d'autres

parlent de leurs petits-enfants. Il
y a même un grand-père qui nous
raconte plein de blagues. Elles sont
si drôles qu'on fait tous « Aaaaa-
aahhh… » lorsqu'il doit céder sa
place à un autre.

Plus la matinée passe, plus je me
dis que ma dernière chance serait
que le prof m'ait oublié. Mais non !
Pas de miracle !

— Simon, il ne reste plus que toi. Tu viens nous présenter ta grand-mère?

À ces mots, Violette se lève, me tend son chapeau et me dit:

— Simon, s'il te plaît, donne-moi ma canne et aide-moi à porter le sac à l'avant.

D'une main, je dépose son chapeau sur mon pupitre. De l'autre, je saisis la canne blanche et la donne à Violette.

Elle avance seule, à l'aide de sa canne, sans trébucher. Comment fait-elle? C'est la première fois qu'elle vient ici! Et il n'y a pas beaucoup d'espace entre les pupitres.

À l'avant de la classe, je lui indique où se trouve la chaise, mais elle la refuse.

— Non merci, je vais rester debout. Mets mon sac bien à plat sur le pupitre de monsieur Breton et retourne t'asseoir, Simon, dit gentiment Violette.

En retournant à ma place, j'entends deux élèves chuchoter :

— Psst, as-tu vu ses souliers ?

— Beurk ! Même ma sœur de quinze ans n'en a pas d'aussi laids !

Je veux disparaître six pieds sous terre !

Puis ma « grand-mère » dit très fort :

— Bonjour, je m'appelle Violette.

Quelques éclats de rire résonnent dans le fond de la classe. Ah non ! J'étais sûr que ça allait se passer comme ça. J'aimerais que Violette soit sourde aussi ! Mais rien ne peut lui enlever son sourire. Ou bien le son ne se rend pas toujours à ses oreilles, ou bien elle fait comme si elle n'avait rien entendu.

Violette ouvre doucement son sac. Je m'attends au pire! À la catastrophe, même!

Ohhhhhh…

Cette exclamation sort de la bouche de tous les enfants. Violette vient de montrer ce qu'elle cachait dans son sac de tennis : un violon! Un vrai violon avec un archet. Un silence total règne dans la classe pendant que Violette place son violon dans le creux de son cou. Toujours avec le sourire, elle commence à jouer.

Je n'ai jamais entendu une si belle musique! Je regarde les copains autour de moi. Plus personne ne rit! Même Laurent, le plus ricaneur de la classe, reste bouche bée. Les grands-parents sont aux anges! Le professeur a les yeux fermés et il semble aussi heureux que

moi quand je mange un gâteau au chocolat! La musique de Violette, c'est comme le meilleur gâteau au monde. Moelleux, sucré, enrobé, avec beaucoup de glaçage, et ça fait fermer les yeux tellement c'est bon… surtout quand on peut en prendre un deuxième morceau.

Lorsque Violette cesse de jouer, on dirait que la musique continue encore quelques secondes. Puis tout le monde se met à applaudir en même temps, les enfants comme les grands. C'est tellement bruyant que Violette fait mine de se boucher les oreilles. Le professeur crie : « Bravo! Bravo! »

La cloche sonne. La matinée est terminée. Au lieu de s'élancer vers la porte, comme d'habitude, les élèves veulent tous aller voir le violon de plus près. Et parler à Violette, aussi.

Je me sens comme après une visite chez le dentiste : fatigué, mais dix fois plus heureux qu'avant, juste parce que c'est fini. De plus, aujourd'hui, j'ai une vraie raison d'être content : c'est moi qui ai eu le plus de succès avec ma grand-mère ! Et par le fait même, je suis devenu soudainement très populaire. Laurent m'a dit que ma grand-mère est super *cool* d'oser porter des souliers comme ceux-là. Les filles, elles, voudraient toutes avoir un chapeau rose comme celui de Violette. Mon professeur n'arrête pas de lui serrer la main. Le pire, c'est que j'ai voulu faire le malin en disant : « Oui, mais… elle est aveugle ! » Alors là, tous sans exception m'ont regardé avec l'air de dire : « Et puis après ? » Je me suis senti un peu bête et j'ai bredouillé : « Mais ça ne paraît pas. » Quand j'ai compris que je m'empêtrais encore plus, je me suis tu pour de bon.

7

UN VIOLONISTE
EN HERBE

Les grands-parents sont restés avec nous tout l'après-midi. Sur le chemin du retour, Violette me dit :

— Tu as l'air plus en forme que ce matin, toi !

Je suis un peu embarrassé. Je ne peux quand même pas lui dire pourquoi ça n'allait pas. Que j'étais désespéré de me rendre à l'école avec une grand-mère aveugle, portant un nom de fleur, des lunettes teintées géantes, un chapeau rose, des citrouilles aux pieds… Vite ! Changeons de sujet !

Mais Violette est plus rapide que moi.

— Tu n'étais pas sûr d'avoir fait le bon choix ?

— Je ne comprends pas ce que tu veux dire, Violette.

En fait, je fais l'innocent, mais j'ai très bien compris. Et Violette a compris que j'avais compris. Malgré cela, elle ne perd pas patience.

— Je veux dire que je n'étais peut-être pas la grand-mère idéale pour toi. Tu ne voulais sûrement pas attirer autant l'attention. Une canne blanche, ça se remarque, ça se remarque beaucoup…

— Mais, Violette, ce qui a attiré l'attention de tout le monde, c'est ta musique! C'était tellement beau!

— Tu as vraiment aimé mon petit récital?

— Oh oui, beaucoup! Est-ce que ça fait longtemps que tu joues?

— J'ai commencé à apprendre le violon à cinq ans. À l'âge adulte, j'ai fait partie d'un orchestre symphonique et ça m'a permis de voyager à travers le monde. Et puis, lorsque j'ai perdu complètement la vue, j'ai décidé de rester chez moi et de donner plutôt des leçons.

— Des leçons? Est-ce que tu pourrais m'en donner, des leçons?

— Euh… À vrai dire, il y a longtemps que je n'enseigne plus. Je sors mon violon de son sac juste pour me faire plaisir. Et pour que mes doigts demeurent agiles. Mais aujourd'hui, quand je jouais devant tes amis, je dois avouer que j'ai senti la passion renaître en moi.

Sur un ton suppliant, je demande :

— Alors, c'est oui ? Tu es d'accord ?

— Pour toi, je crois bien que je ferai une exception. Parles-en d'abord à tes parents.

Super ! Je n'ai jamais appris à jouer d'un instrument de musique. J'aimerais bien devenir aussi bon que Violette, un jour.

Je vais la reconduire chez elle et je cours à la maison. Je raconte la journée à mes parents. Je parle tellement vite qu'ils ont peine à suivre mon histoire.

— Maman, papa, je veux apprendre le violon !

— D'où te vient cette idée subite, Simon ? demande ma mère.

Je recommence plus lentement le récit de ma journée. Et je dis à mes parents que Violette meurt d'envie de me donner des leçons. Ce n'est pas tout à fait ce que Violette a dit, mais je veux désespérément convaincre mes parents.

— Il te faudrait un violon, répond mon père. Et ça coûte très cher, un violon!

— Oui, mais j'en ai vraiment très envie! Dites ouiiiiii!

Ma mère propose d'aller en parler avec madame Bastien.

Après le souper, nous allons rendre visite à ma nouvelle… euh… grand-mère. Je sais que j'ai vite changé d'idée, mais, maintenant, j'espère qu'elle voudra demeurer ma grand-mère plus d'une journée. À ma demande, Violette joue au violon un petit morceau entraînant.

Lorsqu'elle s'arrête, elle dit à ma mère :

— Vous savez, j'ai passé une belle journée avec votre fils et ses amis. Et si Simon le désire vraiment, j'aimerais bien lui enseigner le violon.

— Hum… c'est que ça doit être dispendieux, cet instrument-là.

— Oh, mais ne vous inquiétez pas pour ça. J'ai toujours conservé le premier violon de mon fils. Simon pourrait commencer à apprendre avec celui-là.

Je trépigne de joie. Ma mère n'a pas l'air convaincue.

— Je sens que vous hésitez encore, s'étonne Violette.

— Eh bien, on pourrait toujours lui payer quelques leçons pour voir s'il aime vraiment…

— Payer ? Mais qui vous parle d'argent ? l'interrompt Violette. Je ne vais quand même pas faire payer mon petit-fils !

Ma mère me regarde, étonnée et ravie à la fois. Nous pouffons tous de rire !

Je vais me jeter dans les bras de Violette et lui donne deux grosses bises sur les joues. Hum ! Elle sent bon ! Comme un jardin de fleurs en été. Ou comme une… vraie grand-mère !

TABLE DES MATIÈRES

Andrée-Anne Gratton

À l'école, j'étais la seule à porter le prénom *Andrée-Anne*. Il n'en fallait pas plus pour que je me sente différente des autres. Surtout que personne n'arrivait du premier coup à lire correctement ce nom composé, pas même la maîtresse! J'aurais bien aimé avoir un nom plus simple. Mais, vous savez, toute chose a son bon côté: c'est ce souvenir qui m'a inspiré l'histoire de Simon et Violette. Aujourd'hui, j'aime bien mon prénom.

Lorsque j'écris, je n'ai qu'une idée en tête: vous procurer quelques heures d'évasion! Si j'ai réussi à vous faire rire au moins une fois ou à vous faire oublier un petit tracas, n'hésitez pas à m'en faire part. Voici mon courriel:

agratton@videotron.ca

Collection Sésame

Imprimé au Canada